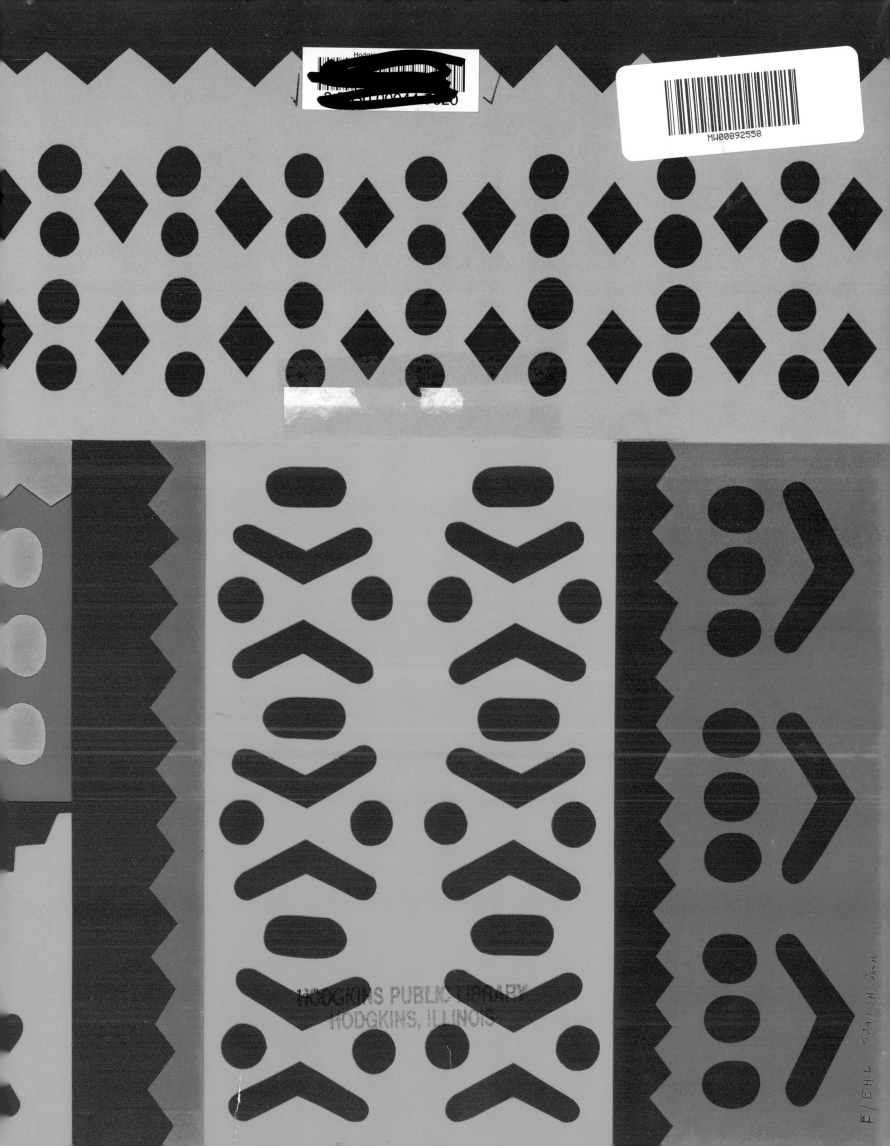

Cucú

Un cuento folklórico mexicano
Translated into Spanish by Gloria de Aragón Andújar

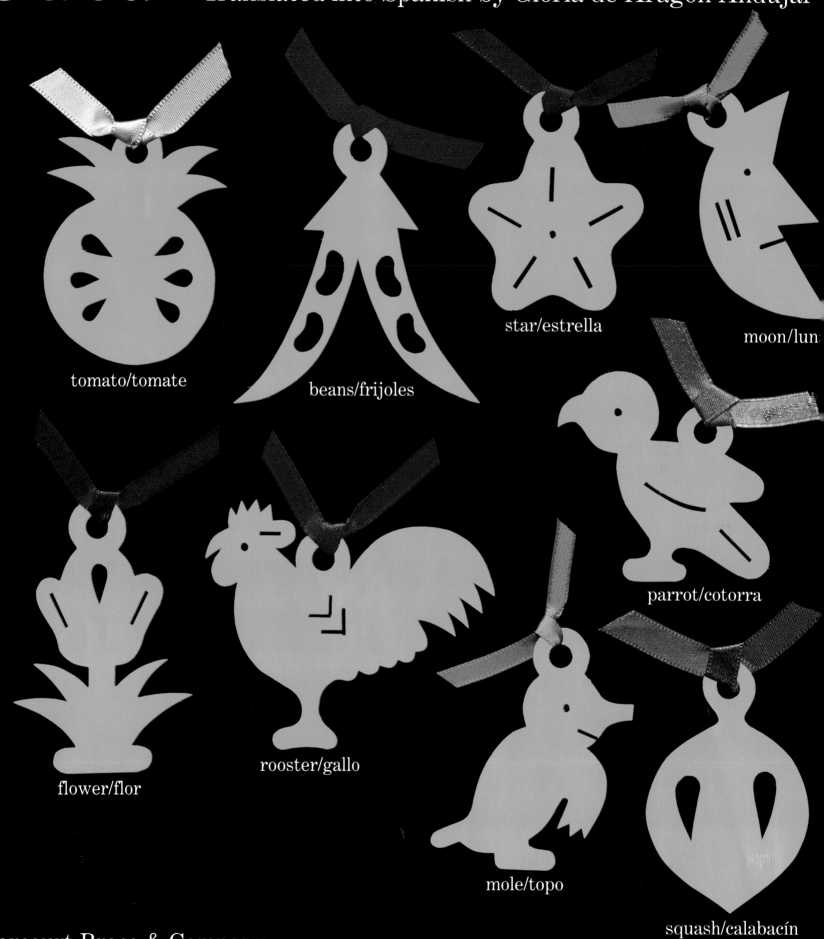

tomato/tomate

beans/frijoles

star/estrella

moon/lun

flower/flor

rooster/gallo

parrot/cotorra

mole/topo

squash/calabacín

Harcourt Brace & Company

San Diego New York London

Printed in Singapore

Cuckoo

A Mexican Folktale

Lois Ehlert

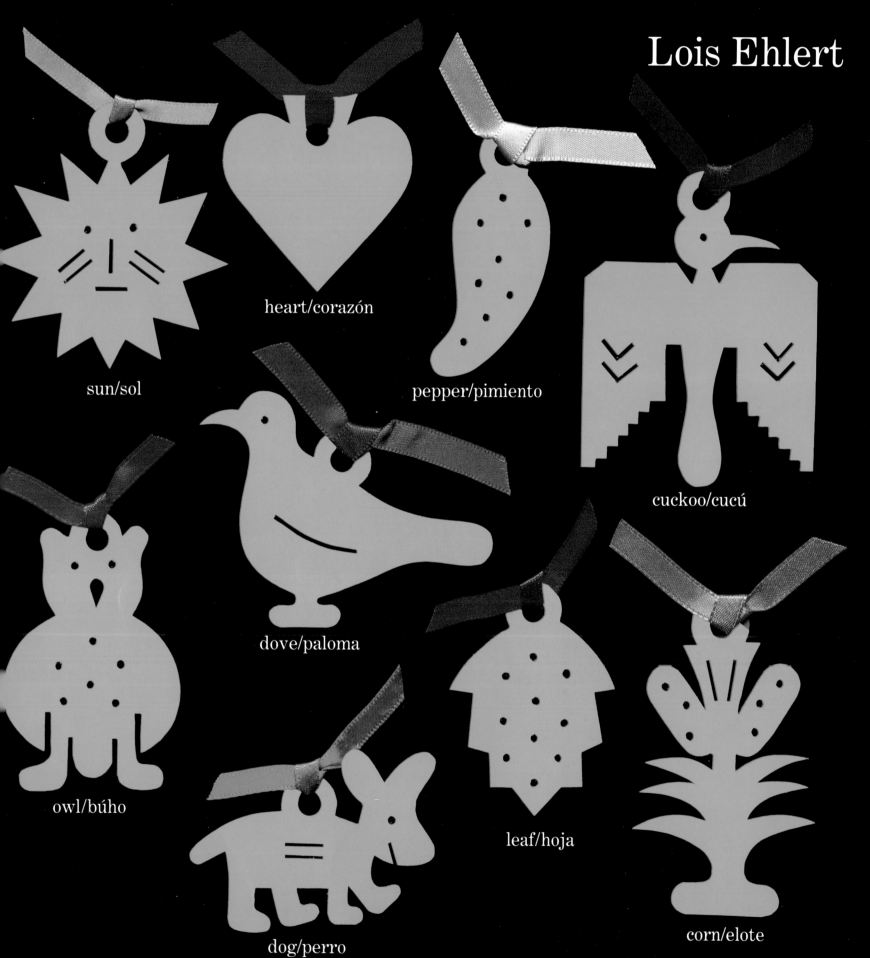

sun/sol

heart/corazón

pepper/pimiento

cuckoo/cucú

owl/búho

dove/paloma

dog/perro

leaf/hoja

corn/elote

Cuckoo was beautiful.
Trouble was, she knew it.

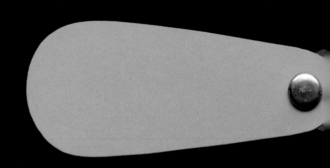

Cucú era bellísima.
El problema era que ella lo sabía.

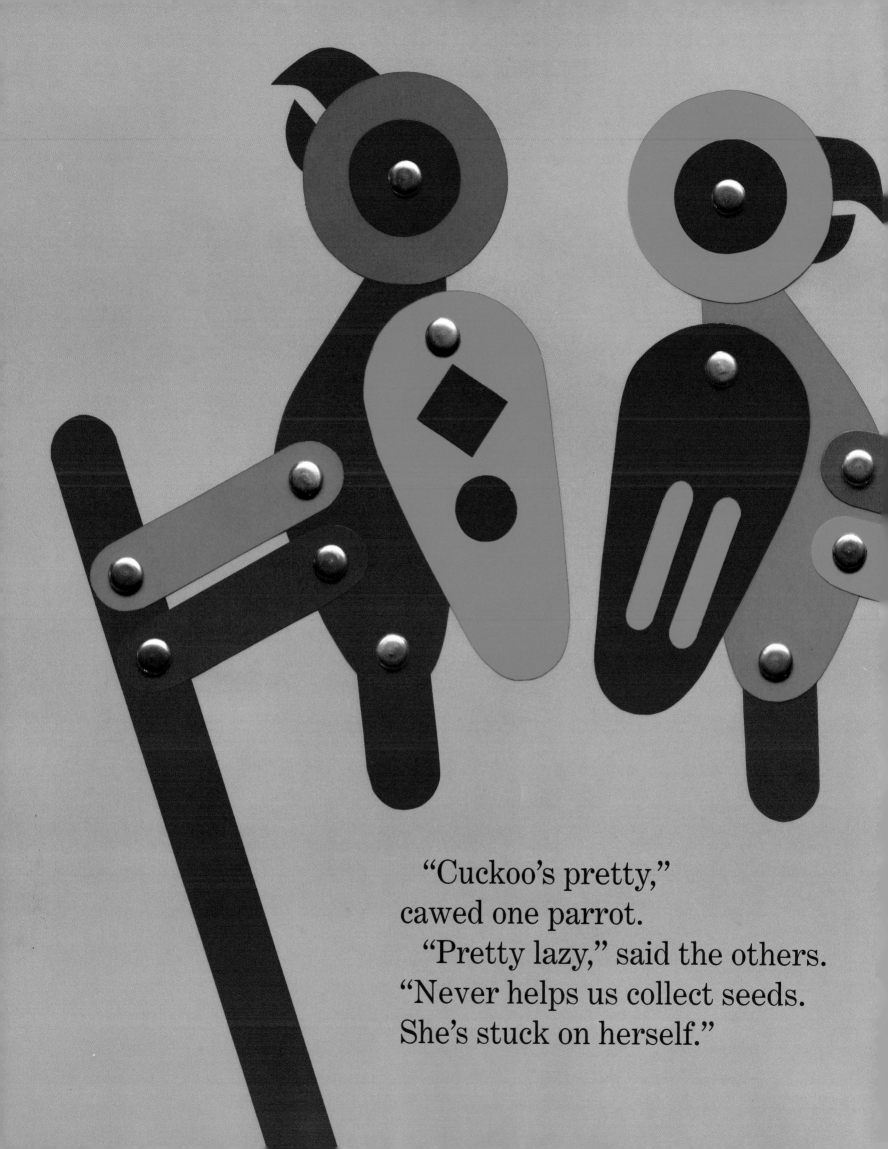

"Cuckoo's pretty,"
cawed one parrot.
"Pretty lazy," said the others.
"Never helps us collect seeds.
She's stuck on herself."

—Cucú es hermosa—
graznó una cotorra.
—Hermosa y perezosa—
dijeron las otras.
—Nunca nos ayuda a
recoger semillas. Está
encantada consigo misma.

All day long
Cuckoo flew and sang,
"*Cu-koo, cu-koo,
prit-E, sweet,
sweet, sweet.*"
Flowers opened
to her lovely song.
Roosters nearby
stopped crowing.
Dogs forgot to bark.

Todo el día Cucú volaba
y cantaba.
—*Cu-cú, cu-cú, bo-NI-ta,
nita, nita, nita.*
Las flores se abrían al oir
su linda canción. Los gallos
cercanos paraban de cacarear.
A los perros se les olvidaba
ladrar.

But even the
sweetest song
can turn sour.
"Shoo, Cuckoo,
we're tired of you,
and your singing, too,"
cooed the doves.

Pero aun la canción
más dulce se
puede amargar.
—Fuera, Cucú, estamos
cansadas de ti y de
tu cantar también—
arrullaron las palomas.

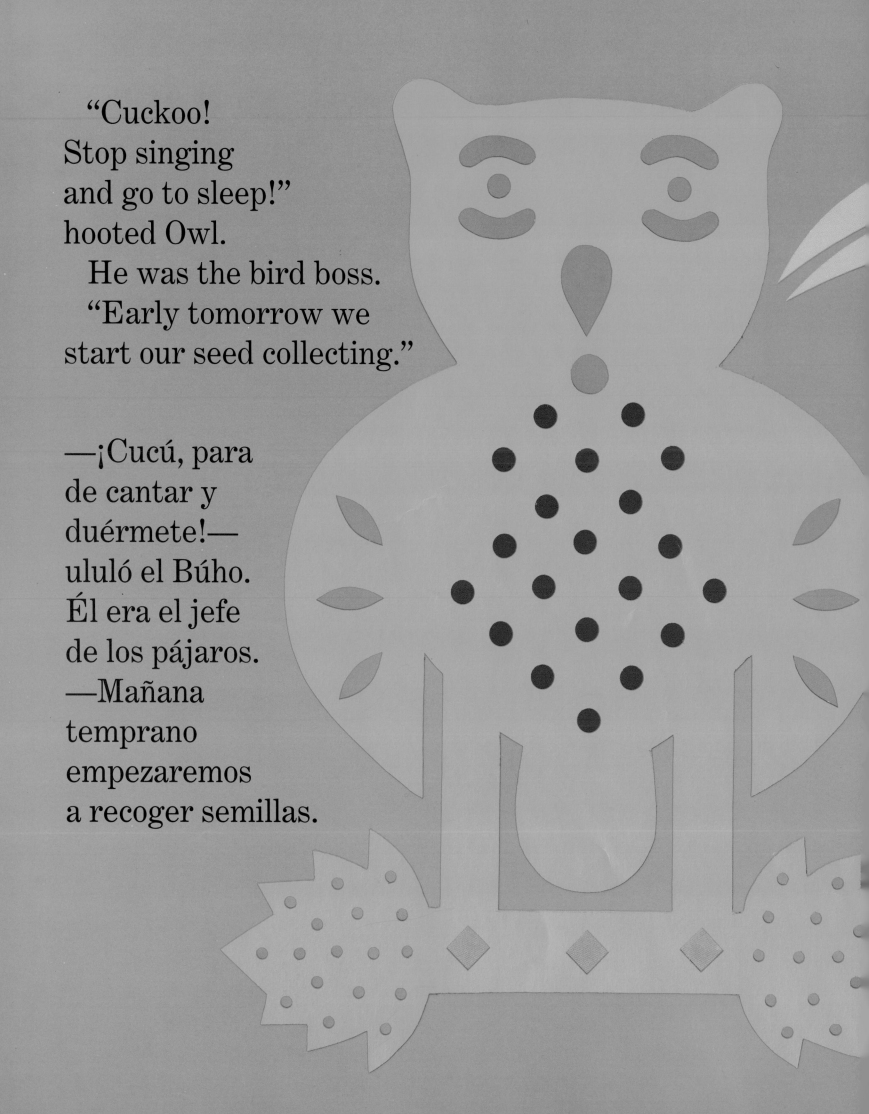

"Cuckoo!
Stop singing
and go to sleep!"
hooted Owl.
   He was the bird boss.
   "Early tomorrow we
start our seed collecting."

—¡Cucú, para
de cantar y
duérmete!—
ululó el Búho.
Él era el jefe
de los pájaros.
—Mañana
temprano
empezaremos
a recoger semillas.

Each year, after the field plants dried, the birds collected beans and corn, and pepper, squash, and tomato seeds and dropped them on Mole's hill. Those seeds would be planted later, to grow food for another season.

Cada año, después que se secaban las plantas de los campos, los pájaros recogían frijoles y elote y semillas de pimiento, calabacín y tomate para dejarlas caer sobre el montoncillo del Topo. Luego sembraban esas semillas para cultivar alimentos para otra temporada.

The birds fell asleep
dreaming of seeds.
Even Owl was napping.

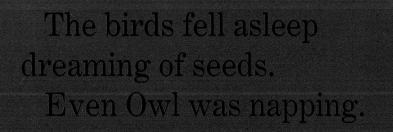

Los pájaros se durmieron
soñando con semillas.
Hasta el Búho durmió
la siesta.

Cuckoo soon got bored
singing to herself.
  As she dipped down to
her branch, something red
flickered through the trees.
  "What's that?" she muttered.
"Some flashy new bird?
Better chase it away."

Cucú pronto se aburrió
de cantarse a sí misma.
Cuando descendió por su
rama, algo rojo revoloteó
entre los árboles.
—¿Qué es eso?— murmuró.
—¿Algún pájaro llamativo?
Más vale que lo espante.

But it wasn't a bird. It was a field fire.
Mole was out; he had smelled smoke.
As Cuckoo flew from the woods, Mole shouted:
"Can you save the seeds?" Pointing to his tunnel,
he said, "You can drop them in here."

Pero no era un pájaro. Era un incendio forestal.
El Topo salió porque había olido el humo.
Mientras Cucú voló del bosque, el Topo gritó:
—¿Puedes salvar las semillas? Señalando a su
túnel dijo —Las puedes echar aquí adentro.

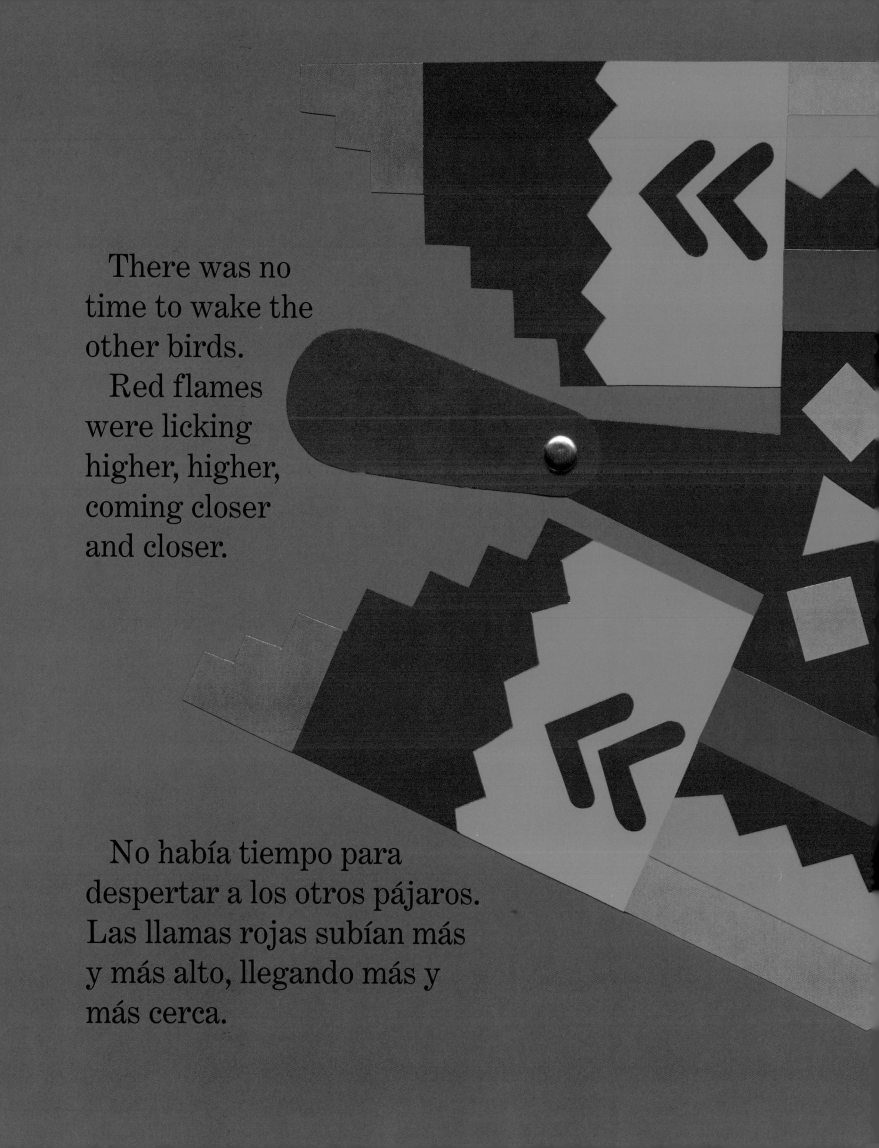

There was no
time to wake the
other birds.
   Red flames
were licking
higher, higher,
coming closer
and closer.

No había tiempo para
despertar a los otros pájaros.
Las llamas rojas subían más
y más alto, llegando más y
más cerca.

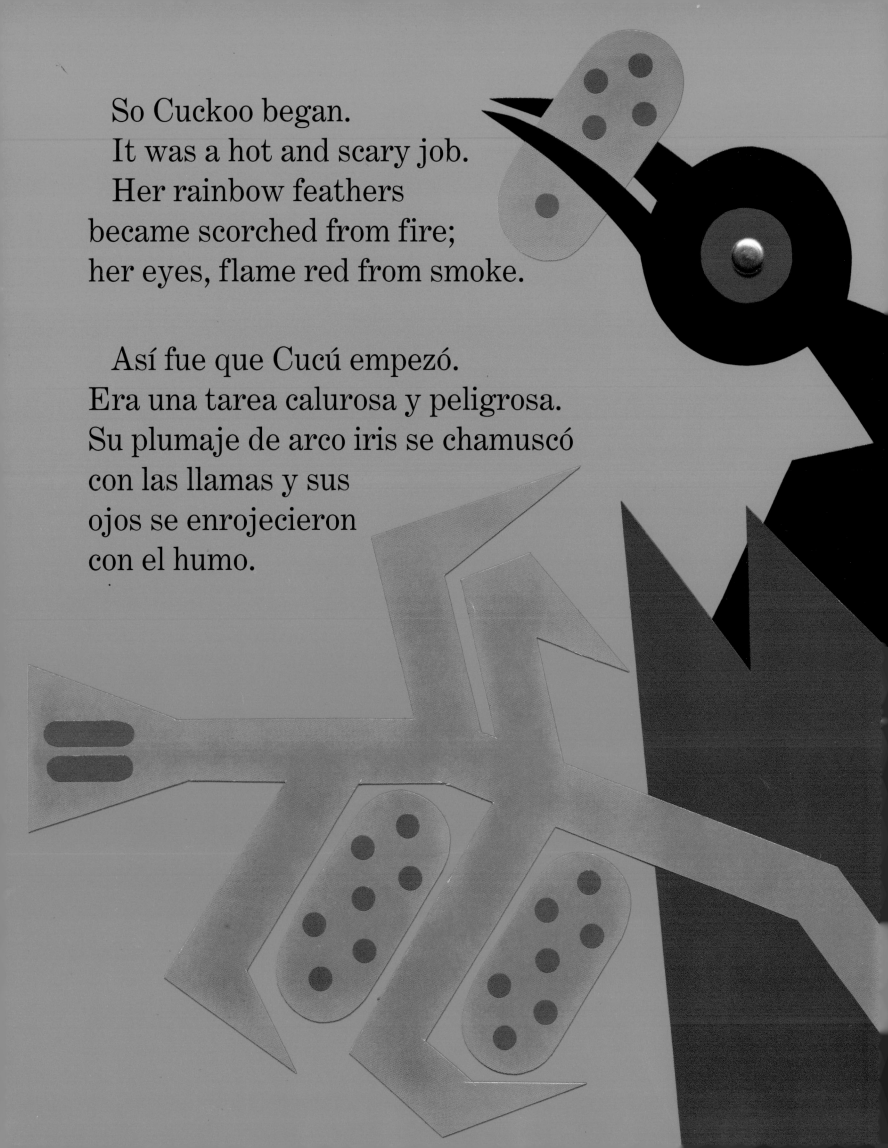

So Cuckoo began.
It was a hot and scary job.
Her rainbow feathers
became scorched from fire;
her eyes, flame red from smoke.

Así fue que Cucú empezó.
Era una tarea calurosa y peligrosa.
Su plumaje de arco iris se chamuscó
con las llamas y sus
ojos se enrojecieron
con el humo.

From the fiery fields
to the cool woods, Cuckoo flew,
carrying seeds to Mole's tunnel.
All night long.

Desde los campos ardientes
a los bosques frescos, Cucú
voló, llevando semillas al
túnel del Topo durante toda
la noche.

At sunrise
Cuckoo dropped the last ear
of corn down Mole's tunnel.
Tired but happy, she started
to sing. But "*Cu-koo, cu-koo*"
was all that came out of
her smoky throat.

Al amanecer Cucú dejó
caer la última mazorca de
elote en el túnel del Topo.
Cansada pero feliz, empezó
a cantar. Pero —*Cu-cú,
cu-cú*— era todo lo que salía
de su garganta ahogada
por el humo.

The birds woke up to Cuckoo's raspy cry.
They gasped when they saw the blackened fields.
The seeds were gone. No seeds left to plant meant
no food for later.
Then they saw a scorched bird circling above.

Los pájaros despertaron al oir los roncos
gritos de Cucú. Se asombraron al ver los montes
ennegrecidos. Las semillas habían desaparecido.
Sin semillas para sembrar no tendrían alimentos
para más adelante. Entonces vieron un pájaro
chamusqueado que revoloteaba en los altos.

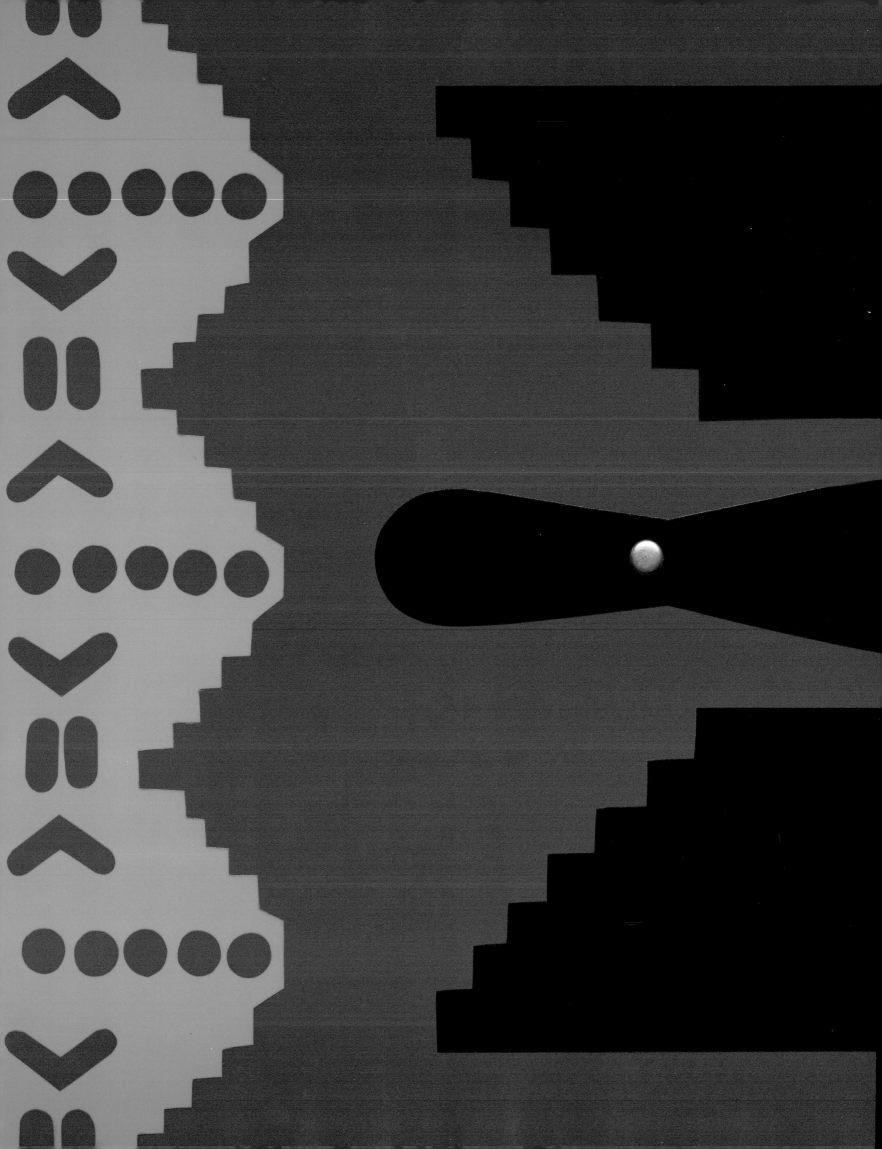

"Is that you, Cuckoo?"
called the doves.

—¿Eres tú, Cucú?—
llamaron las palomas.

The birds waited for Cuckoo to land.
When she told them that the seeds
were safe, they all clapped their wings.
    And they all agreed in the end:
You can't tell much about a bird
by looking at its feathers.

    Los pájaros esperaron a que
Cucú se posara. Todos aplaudieron
con sus alas cuando ella les dijo que
las semillas estaban seguras. Todos
estaban de acuerdo al final que no se
puede juzgar a un pájaro por su plumaje.

Ehlert, Lois.
Cuckoo: a Mexican folktale—Cucú: un cuento folklórico mexicano /
Lois Ehlert; translated into Spanish by Gloria de Aragón Andújar.
p.   cm.
Summary: A traditional Mayan tale which reveals how the cuckoo
lost her beautiful feathers.
ISBN 0-15-200274-X
1. Mayas—Folklore. 2. Tales—Mexico. [1. Mayas—Folklore. 2. Indians
of Mexico—Folklore. 3. Folklore—Mexico.] I. Andújar, Gloria.
II. Title.
F1435.3.F6E55 1997
398.2—dc20
[E] 95-39560

First edition
F E D C B A

For Eamon and his mom

Cuckoo is an adaptation of a Mayan Indian tale from Mexico.
A different interpretation of this Mayan tale entitled "The
Cuckoo's Reward" appears in *Latin American Tales from
the Pampas to the Pyramids of Mexico* by Genevieve Barlow
(Rand McNally & Company, 1966).

The illustrations in *Cuckoo* were inspired by a variety of
Mexican crafts and folk art, including cut-paper fiesta banners,
tin work, textiles, metal *milagros*, clay "tree of life" candelabra,
and wooden toys and sculptures.

Cucú es una adaptación de un cuento de los mayas de
México. Otra interpretación de este cuento entitulado "The
Cuckoo's Reward" aparece en *Latin American Tales from
the Pampas to the Pyramids of Mexico* por Genevieve
Barlow (Rand McNally & Company, 1966).

Los dibujos de *Cucú* fueron inspirados por una variedad de
arte folklórico y artesanía mexicana, incluyendo banderas de
fiesta en papel cortado, hojalatería, textiles, milagros de
metal, candelabros de barro representando el árbol de la
vida, y juguetes y esculturas de madera.

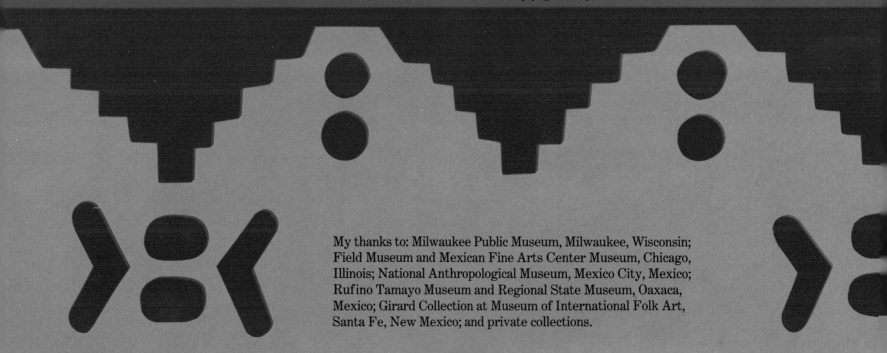

My thanks to: Milwaukee Public Museum, Milwaukee, Wisconsin;
Field Museum and Mexican Fine Arts Center Museum, Chicago,
Illinois; National Anthropological Museum, Mexico City, Mexico;
Rufino Tamayo Museum and Regional State Museum, Oaxaca,
Mexico; Girard Collection at Museum of International Folk Art,
Santa Fe, New Mexico; and private collections.